장미의 이름

장미의 이름

발행일	2016년 12월 09일		
지은이	조 희 전		
펴낸이	손 형 국		
펴낸곳	(주)북랩		
편집인	선일영	편집	이종무, 권유선, 안은찬, 김송이
디자인	이현수, 이정아, 김민하, 한수희	제작	박기성, 황동현, 구성우
마케팅	김회란, 박진관		
출판등록	2004. 12. 1(제2012-000051호)		
주소	서울시 금천구 가산디지털 1로 168, 우림라이온스밸리 B동 B113, 114호		
홈페이지	www.book.co.kr		
전화번호	(02)2026-5777	팩스	(02)2026-5747

ISBN   979-11-5987-343-0 03810(종이책)   979-11-5987-344-7 05810(전자책)

이 도서의 국립중앙도서관 출판예정도서목록(CIP)은 서지정보유통지원시스템 홈페이지(http://seoji.nl.go.
kr)와 국가자료공동목록시스템(http://www.nl.go.kr/kolisnet)에서 이용하실 수 있습니다.
(CIP제어번호 : CIP2016029424)

(주)북랩 성공출판의 파트너

북랩 홈페이지와 패밀리 사이트에서 다양한 출판 솔루션을 만나 보세요!

홈페이지 book.co.kr   1인출판 플랫폼 해피소드 happisode.com
블로그 blog.naver.com/essaybook   원고모집 book@book.co.kr

한국시

장미의 이름

조희전 시집

북랩 book Lab

차례

차례

차례

우는 얼굴과 웃는 발

얼굴이나 발이나
같은 것을
얼굴만 보고 울고 있었다

발을 보니
발 역시
얼굴이나 매한가지였다

발에 약을 바른 후
한참을 바라보았다

발아
아픈 걸 몰라서 미안해

답답한 마음

답답한 마음에
한 구절 시를 지어 볼까
달콤한 초콜릿을 먹어 볼까
우리 집 돌돌이와 놀아 볼까

내 마음 답답하여
갈 곳 잃었으니

어디서 내 마음
열릴 곳을 찾으리

하지만 이내 들판에서
대자연의 기쁨을 맛보니
나는 이제 자유로움을 얻었다

아프다

병원에 연거푸 찾아가도
고개를 설레설레

몸과 마음이 아픔에
벗어날 방도가 없다

몸은 만신창이가 되어
관절이 당겨 오고

마음은 이미
아픔에 젖어 있다

아프다 한마디에
나는 어디로 가야 하는가

이별

여명의 달이 밝았다
너는 뜬눈으로 밤을 새웠다
그 눈은 촉촉함으로 번져 있었다

시간의 흐름이 촘촘히 느껴지는 것은
너의 기분 탓이다

나는 차가운 강물이
흘러가는 것을 바라보며
너를 잊었다

너 역시 아침의 태양과 함께
나를 햇빛 속으로 던져 버렸다

재회

헤어진 여자 친구의 손을 꼭 잡으세요
한때 당신의 연인이었습니다
구름 끼고 비가 내려도
당신과 함께 여행을 떠나던 아름다운 여자였습니다

헤어진 여자 친구의 손을 꼭 잡으세요
헝클어진 머리와 엉망인 모습으로 나타나도
당신의 손을 꼭 잡아 준 아름다운 여인이었습니다

헤어진 여자 친구의 손을 꼭 잡으세요
당신과 이별한 뒤에도 당신의 미래를 위해
기도를 해 준 유일한 한 사람이었습니다

협곡

날카로운 절벽으로 치받는 협곡
앞이 아찔해진다

사람들 마음 사이에도 갈라진
협곡이 있어 눈앞이 아찔해지고

협곡의 울긋불긋한 때들이
빗물 속에 환하게 씻겨 나가듯이

우리들 마음속에 여름철 시원한 빗발이 내려
환하게 씻어 주었으면 좋겠습니다

고독이 춤춘다

열 칼날이 솟구쳐 들어와도
고독의 벽은 견고하기만 하다

오늘 밤도 헤치지 못한
고독은 혼자 춤을 춘다

홀로 있음이 두려운
고독은 혼자 말을 한다

고독 속에 혼자
혼자 속에 고독이 들어 있다

여인의 흐느러진 옷자락은
지친 그를 곤히 잠재운다

탐욕

끝없는 지식의 질서를 따라
다 채우고야 말겠다는 욕망이 나를 지배한다

백해무익한 그 많은 지식을
어찌 다 삼키겠는가

한줄기 피어나는 꽃처럼
사람에 대한 사랑이 지고지순한 것이다

그러나 지식은 한길 따라 흐르는 물처럼
아름다운 시로 피어나리니

한 글자 한 글자 적어 쓰는
연필의 지혜처럼 유용하다

불꽃

인간의 삶이 아무리 뜨겁다 해도
불꽃보다 뜨거우랴

허나 뜨겁게 살아가는 사람에게는
불꽃보다 타오르는 열정이 있었다

미적지근하게 살아가는 사람에게는
불꽃이 마냥 거추장스럽기만 하다

타오름은 아름답다
신의 얼굴 반쪽을 내보이듯
그들은 그렇게 살았다

불꽃 속 암석은 그토록 애태우다가
비밀의 반쪽을 열어 두고
그렇게 몸뚱이를 내밀었다

역사를 울리는 징 징 소리에
불타는 그 사람은 과감히 올라타
역사의 방향을 뒤틀었다

고독이 노래한다

말을 하던 고독은 어느새 노래하기 시작했다

닐리리 닐리리 하모니에
구슬픈 가락을 늘어놓던 고독은
자신의 할 일을 다 했다는 듯이 어느새 그림자처럼 사라지고
만다

고독이 노래를 불러 준 까닭은
슬픈 마음이 가득한 어느 한 청년의
마음을 위로하기 때문이었다

노래하던 고독은 어느새 춤을 추기 시작했다
박자와 리듬에 맞추어 그림자와 벗하여
슬픈 마음을 환하게 만들어 주었다

고독과 함께한 것은 우연이었다
하지만 우연한 만남은 그와 나의 결함을
더욱 견고히 만들어 주었다

고독이 나에게서 떠나는 날
나는 기쁘게 받아들일 것이다
그와의 최후의 악수를

고독이 술을 마신다

한 잔 한 잔 넘어가는 술만큼
술 마시는 이의 취기도 그만큼 오른다

술이 술을 마시는 것이 아니라
고독이 고독을 마신다

술이 주는 안락보다는
고독이 주는 침체감을 피하기 위함이었다

술과 고독은 벗하여
너 한 잔 나 한 잔을 거듭해
어느새 술병이 쌓였다

고독한 이의 그림자가
술과 섞여 하룻밤을 보낸다

나는 어둠의 제물

어두운 밤과 함께
나는 새까만 어둠의 제물

어둠 속에서 이글거리는 눈동자를
빛나는 한 마리의 짐승처럼

나는 짙은 어둠을 향해
한없이 떨어지고만 싶다

어둠 속의 내가
어둠과 하나가 될 때까지 숨죽여 어둠에 있고

다시금 떠오르는 아침 해는 내 존재를
다시 환하게 비추었다

돌멩이

돌멩이가 구르면
이끼가 안 낀다 그랬던가

하지만 나의 돌멩이는
잠잠 무소식이다

굴러라 굴러라
함성이 커져만 가지만

돌멩이는 바위처럼
요지부동이다

나는 바다의 파도를
가져와 돌멩이를 깎았다

동그래진 돌멩이는
팽이 마냥 돌돌 굴렀다

승리

어지러운 생각이
나의 머리를 노리매

나의 머리는
늘 혼란스럽다

잡념과 환상 속에
명상해 봐도

끝없이 밀려오는
상상을 감당할 수가 없다

이에 나는 오늘도
망상에 져서 하루를 보낸다

허나 건강해지는 오후의 한때
나는 그들과의 싸움에서 승리하여
건강을 되찾을지어다

햇빛

햇빛이 내리쬐는 오후의 한때
잎사귀들은 공중을 향해 손을 내민다

빛을 찾아 빛을 찾아
빛 속을 향해 내미는 몸짓

어둠을 피해
나가는 그 몸짓에 개는 짖지도 않는다

뿌리의 물줄기가
잎으로 솟구쳐 오를 때

생명력이 약동하는
숲에는 그윽한 향기가 가득하다

젊은 그대

엊그제 젊었다는 만득이는
벌써 나이가 50을 넘었다

엊그제 젊었다는 순이도
벌써 나이가 50을 넘었다

늘어가는 주름살 속에
그들이 젊었다는 증거는 없다

하지만 그들의 머릿속 아련한 기억 속에
만득이와 순이는 젊었다

젊음은 순간이다
순간을 붙잡아라

어떤 이는 환희
어떤 이는 아쉬움을 쏟아낼 것이다

젊은 그대여 잠 깨어 오라
그대의 젊음은 영원하지 않다

시를 읽다

아무도 읽지 않는 시를 나는 읽는다
나는 그렇게 오늘도 돈이 안 되는 정지용을 읽었다

돈벌이 대신 시를 선택한 것은
그냥 마음이 내키는 대로 따른 것이었다

남들은 돈 안 되는 미친 짓이라지만
나는 그네들과는 다른 길을 걸었다

어둠이 밀려오고 생이 마감으로 다가올 때
떠오르는 것은 무엇이던가

아아, 가난한 이의 삶이나
시 한 수 읊어 보지 못한 삶이나
매한가지로 불행하다

오늘도 나는 가난을 등지고
정지용을 읽는다
내 마지막 영혼이 스러지는 날까지

치약

이빨을 반짝반짝
빛나게 하는 치약같이

얼굴을 반짝반짝
빛나게 하는 비누같이

오늘 하루 그렇게
다른 이를 빛내고 싶다

창문을 반짝반짝
빛나게 하는 신문지같이

식탁을 반짝반짝
빛나게 하는 행주같이

오늘 하루 그렇게
다른 이를 빛내고 싶다

미지

아무것도 모르는 미지의 세계로
나아가고 싶다

이윽고 어둠이 깔리고
미지의 세계가 문을 열었다

나는 고개를 내밀어
미지의 세계를 바라보았다

어둠의 선물 같은 그곳이
나의 눈앞에 펼쳐졌다

나는 칼을 휘두르며
미지의 세계에 발을 내디뎠다

그곳에서 발견한 것은
내 영혼의 진정한 자아였다

죄와 벌

반짝반짝 빛나는 보석이
연이어 줄지어 떨어진다

오늘도 나는 그 보석을 찾아
책 속에서 헤매었다

반짝이는 보석 하나를
깊은 수풀 속에서 발견했다

나는 그 보석의 하나를
조심스럽게 집어들었다

지혜의 보석처럼
빛나고 아름다운 것이 있을까

죄와 벌은 그렇게 탁
내 가슴에 보석으로 깊이 박혔다

그리움

우리가 타인에게 그리움의 존재가 될 수 있다면
어지러이 이어진 끈들이
사람들 가슴속에 줄지어 이어지고
나는 누군가의 그리움이 된다

이제 그리울 것도 없는 존재는
또 다시 그리움의 존재를 찾지만
그리움은 영원하지만은 않다

그리워라
떠나온 고향이여
잊힌 사람들이여

나는 밤마다 그리움에 가슴앓이를 한다

끊어진 선들이 이어져
다시 그리움의 존재가 될 수 있다면
이번만큼은 그 끈을 놓지 않으리

불타올라라

불타올라라 갑판이여
병사들은 그렇게 외쳤다

하지만 더 불타올라야 할 것은
바로 내 마음이다

뜨겁게 불타올라 갑판을
뒤집어라 엎어라

시들시들 꺼져 가는 촛불처럼
가냘픈 내 마음이

햇불처럼 튼튼하고 의젓하게
불타오를 때

나의 인생에서 새로운
변화가 시작될 것이다

누군가를 사랑한다는 것은

텅 빈 마음과 밀려드는 쓸쓸함에
정신을 잃다

꽉 찬 사랑이
허한 마음으로 변해
쓸쓸한 나

숨이 멎을 듯한 그 순간
그녀 역시 유전자의 꼭두각시임을 깨닫다

하지만 나는 누군가를
사랑하는 일을 포기하지 않을 것이다

희망은 바로 거기에

시크릿

우주의 희망은
바로 당신 안에 있다

거대한 우주는
당신의 소원을 들어준다

당신이 생각한 대로
끌어당김이 일어난다

당신의 전성기는
아직 오지 않았다

기쁨, 사랑, 희망을 생각하라
당신 마음에 온갖 좋은 것을 기대하라

꿈꾸는 대로 될 것이다
당신은 보다 행복해질 것이다

겸손

겸손의 옷을 입고 싶다

겸손의 옷이 헌 누더기라도
나는 그 옷을 선택하고 싶다

유명 브랜드의 값비싼 옷이라도
그것이 오만이라면
나는 그 옷을 입지 않을 것이다

낡고 허름해서 값싸 보이는 옷일지라도
나를 겸손하게 하는 허름한 그 옷을
제게 주옵소서

시냇물

흐를 듯 말 듯
흐를 듯 말 듯
머뭇머뭇거리다가
한데 뭉쳐 휘몰아쳐 흐른다

한 길 향해 길을 열고
어깨동무하여 졸졸졸
일렬로 전진하는 물길들

사람들 마음도 이와 같아
처음에는 머뭇거리다가
이내 마음 합하여 하나가 되었네

무각사

댑싸리에 바람이 불어 흔들린다
흔들리는 것은 잎사귀인가
내 마음인가

스님들의 행렬이 고즈넉이
흘러들 간다

네모반듯한 정결한 땅이
펼쳐져 있는 곳

고요한 나무들이 하늘 향해 두 팔 벌리는
그곳

차 한 잔의 여유가 있는 그곳 무각사

무지개

저 언덕 너머의 무지개
그곳에 한번 닿아 보고 싶다

하지만 잡힐 듯 잡힐 듯
잡히지 않는 무지개

정녕 너는 나의 꿈이었던가

고개 돌려 멀어지니
무지개가 나를 따라온다

쫓아가면 달아나고
멀어지면 따라오는
무지개의 마음은 모르리

헛된 꿈

헛된 욕망이 어지러이 일어나
머릿속이 혼란스럽다

나는 늘 가던 카페로 향했다
의자에 앉아 커피를 시키고
생각에 잠겼다

시든 연꽃을 꺾듯
욕망을 꺾어버려야 하는데
오히려 욕망을 일으키고 있다

욕망의 노예가 되지 말고
욕망의 주인이 되어야 한다

믿음

사람과 사람이 만나
두 개의 믿음이
하나가 될 수 있다면

사람과 사람이 만나
두 개의 사랑이
하나가 될 수 있다면

사람과 사람이 만나
두 개의 희망이
하나가 될 수 있다면

사람과 사람이 만나
두 개의 마음이
하나가 될 수 있다면

꿈꾸는 대로
우리는 그런 두 사람이 되리

그대 없는 빈자리

그대 없는 빈자리에
그대 없는 빈자리에
공허한 내 마음

아무것도 없는 내 마음에
누군가 살포시 다가와
빈자리를 채워 주었으면

내 마음 텅 비어 있으니
그대 다시 돌아왔으면

꽃 피워라

텅 빈 가슴에 꽃을 피우고 싶다
꽃다발로 가득 찬 가슴이 되어라

꽃을 한 아름 안은 소녀처럼
순수한 마음이 되어
다시금 새롭게 시작할 수 있다면

꽃 피고 지면

저 산에 꽃이 피고 지면
내 가슴에도 꽃이 피고 진다

해 질 녘 노을처럼 붉게 타오르는
꽃잎마냥

새빨갛게 젖어드는
내 가슴이여

모닥불이 반딧불이에게

타닥타닥 타오르는 모닥불을
바라보라

그 속에는 새빨간 불덩이가
이글이글 타오르고 있었다

상처받은 한 영혼의 가슴속을
메스로 가르면 그 모양일까

하늘에는 반딧불이가 꽁무니에 불빛을 달며
허공을 비행하고 있었다

모닥불의 뜨거움보다는
반딧불이의 따스한 불빛이 위안이 되었다

모닥불이 반딧불이에게 말을 한다

한때는 뜨겁게 타올랐으나
이제는 따스한 불빛이 된 그대를 바라노라고

위대함

참된 위대함이란
무엇보다도 사람을
생각하는 마음에 있다

참된 사랑이란
무엇보다도 사람을
배려하는 마음에 있다

참된 기쁨이란
무엇보다도 작은 것을
소중히 여기는 마음에 있다

없다

띠리리 전화 소리에
숨죽이며 받았던 순간이
이제는 사라지고 없다

그 대신 나는
고요한 어둠의 적막에
홀로 앉아 있었다

너의 전화가 끊긴 후
침묵에 잠긴 나는
갈 곳을 잃었다

문자 메시지 하나에
춤추던 그 시절
그때로 돌아가고 싶다

차가운 시

어느 더운 여름날
차가운 시 한 편 적었다

차가운 얼음 빙수같이
싸늘한 너의 눈동자와 목소리

혀가 얼어붙는 듯한
얼얼함에 나는 두 눈을 감았다

혹한 마녀가 울고 갈
추위에 나는
무더운 거리를 방황하였다

무제 I

사랑하라
그러나 떠나간 사랑은 잊어라

춤추라
온몸이 부서져라

사랑하라
그러나 떠나간 사랑은 잊어라

노래하라
때때로 숨죽이며 들어라

일하라
그러나 노예는 되지 마라

살라
하지만 억지로 살지 마라

그로테스크 1

썩은 치즈를 입에 문 생쥐여
물어라 물어뜯어라
네 아가리에서 침이 흘러나오도록
세차게 머리카락을 집어삼켜라

하수구 거름망에 이끼 끼듯
고여 있는 머리카락 뭉치를 걸러내듯
네 마음은 헝클어진다

절대자의 뒷날개를 붙잡은 듯
희망은 허공 속으로 사라지고
천사의 숨소리가 들리지 않는 그곳에
사람들은 소리 죽여 밥을 먹는다

믿음 1

터무니없는 미혹으로
믿음을 강요하는 사람아

믿음을 강요하기 전에
네 믿음을 보여 보아라

너희 안의 죄성은 그 자신의
입을 다물게 만들지니

믿음을 강요하기 전에
사람을 사랑하는 모습을 보여라

스물여섯

내 나이 스물여섯
나는 꽃다운 청춘을 끝냈다

아름답고 아름다워
꿈에서조차 아름다운 기억이여

하지만 나는 시들은 꽃처럼
하나의 죽음이 되었으니

스물여섯 그해
나는 죽었다

하지만 이제는 먼 자리에서
돌아와 죽음보다도 값진 삶이여

시간 여행자

케케묵은 먼지를 들춰내
옛 추억을 더듬어 볼까

나는 과거의 어둡고 긴 터널 같은
고통의 시간을 반추해 본다

이제는 흐릿흐릿해져
고통의 상은조차 남겨지지 않은 기억들

나는 과거의 기억과 안녕하고
새로운 미래의 열차를 올라탄 시간 여행자

터널 속을 빠져나와
희망찬 미래를 향해 질주한다

수레바퀴

신이 주신 물길로
끊임없이 돌아가는 수레바퀴

어린아이에서
노인이 될 때까지

수고로운 손길을
멈추지 않으신다

꼬마는 노인으로
노인은 다시 꼬마로

끝없이 생의
수레바퀴를 탄다

텅 빈 공원

쓰레기 줍는 청소부가
공원을 청소한다

삼삼오오 모여
지저귀는 새들

밤이 되자 모두들
보금자리로 돌아간다

새들이 떠나간 자리에는
적막만이 남는다

나와 나타샤와 흰 자동차

가난한 내가
아름다운 나타샤를 사랑해서
길거리엔 휙휙 차가 달린다

나타샤를 사랑은 하고
차는 휙휙 달리고

나는 혼자 쓸쓸히 앉아 소주를 마신다
소주를 마시며 생각한다

나타샤와 나는
차가 휙휙 달리는 밤 흰 자동차를 타고
산골로 가자
출출히 우는 깊은 산골로 가 마가리에 살자

차는 휙휙 달리고
나는 나타샤를 생각하고

나타샤가 아니 올 리 없다
언제 벌써 내 속에 와 조곤히 이야기한다

산골로 가는 것은 세상한테 지는 것이 아니다
세상 같은 건 더러워 버리는 것이다

차는 획획 달리고
아름다운 나타샤는 나를 사랑하고

어데서 흰 자동차도 오늘 밤이 좋아서 응앙응앙 울 것이다

새

숲 속에 새가 있다
숲은 새를 가리지 못한다
새는 자유를 향해 날아간다
나는 새처럼 푸른 언덕을 질주한다

나뭇잎은 다만 사라져 갈 뿐이다

원망하지 마라
떨어진 잎도 다 쓸모가 있느니라

바닥에 가라앉아
스스로 몸을 썩히며
새잎을 향해 자신을 희생하나니

겨울의 잎 없는
앙상한 가지에는
그 이유 다 있었던 거라
여름철 스스로 몸을
뜨겁게 태웠던
태양이 내리쬐는 계절이 오면

손에 손잡고 잎들은
하늘을 향해 얼굴을
내밀지니

그때는 떨어진 잎과 나뭇가지의 새잎이
하나가 되어 시원한 산들바람과
함께 춤추리라

별

호수의 물방울들이 방울방울
하늘로 올라가
수천 개의 별이 되어 빛나는 것을
너는 모르지

너를 사랑하는 나의 눈물이
호수가 되어 밤마다 하늘로 올라가
별이 되어 떨어지는 것을
너는 모르지

이제는 추위에 얼어붙은
호수의 오리들이 오갈 데 없어
하늘을 향해 날아간다는 것을
너는 모르지

무제 II

홀로 있는 공간은
우주의 그 넓은 크기에
비할 바가 아니다

그러나 고독한 외로움의 크기는
그 넓이만 하다

아메리카노 커피 향에는
열국의 뜨거운 태양이 숨 쉬고 있다

작열하는 태양과 노동하는 이의 손길이
액체를 타고 목구멍으로 스민다

오늘도 나를 감미롭게 하는 것은
신이 내린 또 다른 선물인 것만 같다

막힌 코처럼 답답한 마음을 풀어 주는 바람이
귓가를 스치기를

모든 허영의 찌꺼기까지
씻어 주는 바다의 푸른 물결이
파도처럼 나를 덮치고
나는 꿈속에서 깨어난다

꿈

바다가 무수한
태양을 삼켰나

내 가슴은 뜨거운
열기로 가득하다

타오르는 태양처럼
뜨겁게 달아오르는 마음

인도의 수행자마냥
가부좌를 틀고 앉아
심호흡해 마음을 진정시킨다

아아, 흐르는 물결처럼
내 마음도 차갑게 흘러라

솟구치는 매의
날갯짓마냥 춤추는
나의 꿈들이여

비 오는 호수

비 오는 호수는 초록 물결로 가득합니다
동심원이 동시에 퍼져 나가고
사람들은 우산을 쓰고 종종걸음을 걷습니다

나는 그 길을 따라 비를 맞고 걷습니다
제우스가 비를 타고 내려오듯이
내 몸은 촉촉이 젖습니다

그 아스라한 초록 물결은
아름답고 아름다워
수채화로 남기고 싶습니다

초록색과 검은색 물감을 짜서
도화지를 색칠하고 싶습니다

촉촉이 젖은 공기가
폐를 촉촉하게 적시고
내 마음은 상쾌해집니다

호수의 오리들은
잠수하면서 하루를
즐겁게 보냅니다

열두 명의 제자(예수의 말)

저에게는 열두 명의 제자가 있었습니다
한 명은 절 배신했습니다
열 명은 절 모른 척했습니다
십자가보다 더 아픈 일이었습니다
하지만 전 제자를 버리지 아니하였습니다
그 순간 전 하느님의 보좌 우편에 올랐습니다

두 번의 전화와 여덟 번의 물음

당신은 내게 전화를 주었습니다
나는 여덟 번을 물었습니다
첫 번째 물음은 이별
두 번째 물음은 사랑
세 번째 물음은 재산
네 번째 물음은 지위
다섯 번째 물음은 진리
여섯 번째 물음은 진실
일곱 번째 물음은 노력
여덟 번째 물음은 믿음
이제야 알겠습니다

깃털처럼 사라지다

나는 물 위에 떠다니는
하나의 조각배

그대의 마음속으로
파문을 일으키며 향한다

일렁일렁하는
물결을 넘어 그대에게 닿을 수 있을까

나는 그대의 가슴속에서
하나의 깃털처럼 가볍게 사라진다

아아, 영원한 시간 속에
그대로 잠들어 버린 나의 애증이여

개구리

밤이 깊어 어둠이 깜깜할 때
저 멀리서 개구리 우는 소리가 들린다

개굴개굴 개굴개굴
짝을 찾는 개구리의 심장이 터질 것만 같다

하나둘 떼로 모여 우는
사랑의 외침이 내 가슴을 흔든다

시간이 지나
난 어린 시절로 돌아가
이불을 뒤집어쓴 채 개구리의 우는 모습을 상상한다

초록의 물감을 뒤집어쓴 개구리들을
밤하늘의 별이 따스하게 비추고 있었다

호산가

구름 찾아 바람 찾아
사슴을 타고서
산속을 누비고 싶구나

아아, 어느 속세인이나
돈을 바랄 뿐
내게 그것이 귀중하겠느냐

저 언덕 어느 시원한 곳
흐르는 냇물에
얼굴을 담그고 싶구나

영원함에 대하여

하나의 끝없는 실처럼
삶을 끝없이 이으려는 시도는
하나의 집착이다

내 생애의 끈도 어디쯤에선 그치겠지
그러나 나는
영원함을 상상해 보는 것이다

오늘도 하루라는 점 하나를 찍으며
불안해하는 영혼과
끝없이 먹을 것을 탐하는 육체를 탓한다

아프니까 인간이다

가슴의 아픔은
인간이 단순히 동물이
아니라는 것을 증명해 준다

그저 동물일 뿐이라면
이렇게 가슴이
아플 리 없다

아픈 가슴은 또한
내가 신이
아니라는 것을 증명해 준다

내가 신이라면
이렇게 가슴이
아플 수 없다

돌아 버림

지독한 고통은
내 영혼을 돌게 만들었다

나는 지구상의 모든
동물의 이름을 다 셀 듯하다

어쩌면 고통보다 무서운 것은
소외된 삶일지도 모른다

캄캄한 밤거리를 걷는 것처럼
내 인생은 불안하고

오늘도 내 가슴은 갈 곳을 잃어
정처 없이 도로를 헤맨다

유치한 삶

유치한 삶이 내게 주는 것은
그저 한 끼의 단순한 식사이다

나는 유치하지 않기 위해
술을 마셨다

맥주 한 캔의 씁쓸함이
내 혀를 마취시킨다

나의 영혼은 술에 취해 있을 때만
그 생명력을 발휘할 뿐이다

나는 그저 술을 탐하는
한 마리의 개처럼 세월을 보낼 뿐이다

돈 많은 예수

나는 하나님의 사랑을 배우기 위해
성경을 읽었다

읽으면 읽을수록
나는 돈 욕심이 타오를 뿐이다

가난한 예수는 가라
난 돈 많은 예수가 될 테야

부처는 예수를 찾아가라 하고
예수는 나더러 돈을 벌라고 한다

몸 파는 아가씨처럼
돈을 향해 달려가는 내 삶은
오늘도 화려하고 기쁘게 굿나잇인 것이다

미치다

정신 병원에 가 보았나
나는 가 보았지
그건 내가 미친 건 아니었지

세상은 온통 돈에
돌아 있었고
난 홀로 예수를 믿었다

그것은 어제 먹은
점심을 토할 듯이
구역질 나는 일이었고

나의 순수한 사랑은
목 졸림과 물어뜯김을
당할 뿐이었지

정신 병원에 가 보았나
나는 가 보았지
그곳에도 사랑은 있었지

미안함에 대해서

미안하면 미안할 뿐
그 이상이 있으랴

어쩌면 인간은
모두 다 죄인

십자가를 진 예수가
홀로 속죄한들
내 죄가 사라질 리 있으리

오늘도 나는 삶에 대한 미안함과
나에 대한 미안함으로 인해
가슴이 아플 뿐

더 이상은 없다

글쓰기와 영혼의 굶주림

레스토랑의 음식이
내 배를 채울지언정
마음까지 채우지는 못했다

짐승처럼 먹어대도
채울 수 없는
나의 영혼은 어디에 가야 할까

그 길은 오로지
한 길 글쓰기에 있었다

음식, 글쓰기
둘 중의 하나만이
살아남아야 했다

나는 글쓰기를 선택했고
굶주린 나의 영혼은
드디어 참된 포식을 만났다

비추다

나의 괴로움으로도
그대의 얼굴
한번 웃게 할 수는 없겠지

유쾌해라 유쾌하라
나의 영혼이여
즐거운 마음으로 새 하루를 맞으라

나의 말장난으로
그대의 얼굴
환하게 비추지는 못하겠지

기뻐해라 기뻐하라
나의 영혼이여
슬퍼도 새로운 하루를 기뻐하라

어선

캄캄한 바다 저편으로
안개 등을 켠
어선 한 대가 접근한다

고기를 한가득 잡았을까
보물 상자를 발견했을까
초조한 기다림에

선장은 담배를 입에 물고
바다 한가운데를
헤매던 때를 그려 보는 것이다

이윽고 도착한
배가 항구를 향해
정박한다

아아, 당신이군요
이제야 오시다니요
항해는 어떠셨나요

폭풍에도 굳건한 배는
깊숙한 항구에 정착한 채
떠나지를 못한다

무제 III

캄캄한 어둠 속에 난 홀로 깨어 있었다
오리털 침낭은 좁디좁아
사람의 몸을 돌돌 말고 있었다

잠들기도 깨어 있지도 못하고
난 홀로 이곳을 벗어날 방법을
그려 보는 것이다

존재와 무

강아지에 이름을 붙이는 것은
한낱 유희일지도 모른다

사랑이의 모습 속엔 일만 인의
고뇌가 숨어 있는 듯하다

왜 사람들은 삶의 많은 순간을
고뇌하며 보내야 하는가

사르트르 혼자서도 풀 수 없는 실존의 문제는
사랑 그 이외는 아니겠지요

말세에 교회의 목소리가 커지듯
개의 짖는 소리도 커져만 가네

장미의 이름

태양을 사랑해 솟구친 새는
두 번 다시 날지 못하였다

해를 향해 비명 지르는
해바라기처럼
그것은 슬픈 일이었다

나비가 꽃을 향하듯
그의 심장도 두근거림을 향해
다가가고 있었다

심장보다 붉은 장미의 이름으로
그대의 사랑을 허하노라

절망의 파도

때론 파도 끝에서
절망을 붙잡을지도 모른다

앙칼진 소리를 내뱉는
파도들이 하얀 거품으로 부서질 때

청색빛 갈매기 울음소리가
배를 타고 온다

나는 무언가를 비우기 위해
바다를 찾아왔지만
슬픔은 버려지지 않았다

그들도 영화처럼

연두빛 고개를 내민
새싹들을

굉음의 기계가
질주하며 잘라낸다

생명은 대소 불문이거늘
한낱 잡초라고 아픔이 없겠느냐

터져 나온 진액들은
고통의 내음새를 풍기며
일꾼처럼 스러진다

태양빛 작열하는 들판에서
땀방울이 흐른다

새파란 하늘과 새하얀 구름들은
영화처럼 흐르건만

시간은 연기처럼 사라지고

난 터벅터벅

집을 향한다

고향

나는 어느새 떨어진 고향에 와서
흘린 무지개 하며
버려진 꿈들을 생각하는 것이다

나를 괴롭게 만드는 것들과
나를 외롭게 만드는 것들에
나는 그다지 저항하지 못한다

철통 경비를 서는 군인들과
시위 현장의 전경들의 모습을 떠올리며
하루를 보내는 것이다

하지만 이내의 삶에도
따뜻한 봄이 오면
환하게 피어나는 꽃처럼
향기가 날 것을 믿는다

풀밭

뾰족뾰족
뾰족한 내 마음을
잔디밭이 순하게 한다
새하얀 풀꽃들은
나를 향해 미소 짓고
날카로워진 내 마음은
어느새 풀밭에 물든다
내가 갈 곳은 어디인가
그곳은 초록빛 풀들이
자라나는 한적한 풀밭이다

마음과 행복

행복이 어디 있느냐고 물으신다면
이내의 마음속에 있다고 대답하고 싶군요
소박한 생활, 겸손한 마음가짐은
행복의 시작이자 끝입니다
행복을 찾아 여기저기 헤맸건만
결국 돌아온 출발점은 마음입니다
행복을 찾아 이것저것 해 보았지만
결국 돌아온 결승점은 마음입니다
일상의 사소한 일과 소소한 것들은
사람들의 가슴을 기쁘게 하는 행복의 씨앗입니다

하얀 손짓

악마 같은 검은 메아리가 울릴 때
네 마음을 비춰 주는 하얀 손짓이 되어
너를 어둠 속에서 구해내리라

바람

너를 적시는 빗줄기가 되어
네 가슴에 떨어졌으면

새 그리고 꿈

모든 감각이 무너져 내릴 때는
나의 열망이 지는 때라
나는 이성과 감각 사이에서 헤맬 때
신의 그림자를 찾아 헤매었다
아, 지옥 같은 기다림으로도
달성하지 못한 나의 꿈들은
하늘을 나는 새처럼 허공 속으로
멀어지기만 한다

싹트는 씨앗

천년의 긴 잠에서 깨어나
꽃을 피우는 씨앗같이
그대도 이제 깊은 잠에서
깨어나 세상을 맞이할 때이다
세월은 쉬이 흐르고
돌아오지 않으니
언제까지 잠에만 빠져 있을 것인가
그대의 긴긴 기다림도
언젠가는 싹이 트고 꽃피울 날이 올 터이니
이제는 눈을 뜰 때이다

내 안의 숨은 욕망

내 안의 숨은 욕망과
만나는 이여
그대를 만나고
가슴속 깊이깊이 숨겨 두었던
그토록 애탄 갈망들이
바위틈을 뚫고 솟아 나온다
가지려고 해도 가질 수 없는
희망과 사랑은
언젠간 그 풀뿌리처럼
뻗어 나올 것이니
그대의 욕망과 나의 욕망은
이루어지리라

풍뎅이와 개미

아기 풍뎅이와 개미가 싸운다
수십 마리의 떼를 지은 개미떼가 풍뎅이를 향해 덤벼든다
날아 봐 날아 봐
간절히 외치지만
풍뎅이는 날지 못하고 이리저리 끙끙대기만 한다
삶은 때론 풍뎅이 같아서
날개가 있어도 도망치지 못한다

악몽 속의 과거는 미래를 속삭인다

지나간 일들이 날 괴롭게 하네
그건 나의 잘못 또는 다른 이의 잘못
이제는 돌이킬 수 없어
더욱 슬픈 일
그러나 새롭게 시작되는 오늘이 되면
나 비록 악몽 속에서 헤맬지라도
희망찬 내일을 향해 질주하리다

메두사

메두사의 머리를 잘라내어
재를 뿌려도
계속해서 살아나는 머리들
그 끈질긴 생명은
언뜻 나의 집착과 닮았다
이제는 괴물처럼 서 있는
그 집착 앞에서
두 손 모아 기도하노니
여러 개의 머리를 버리고
하나의 머리로 돌아오라

둥글레

뿌리만 남아
죽은 줄 알았던 둥글레
추운 겨울 이겨내고 잎을 내민다
무성한 초록 잎들이
화려한 봄날을 알린다

괴로

괴로움이라고 말할 수 있다면
그건 괴로움이 아니다
괴로움이라고 말할 수 없다면
그건 진짜 괴로움이다
어드메 인생의 바다는
왜 이리 괴로……

강아지와 산책을

랑이 데리고 산책을 간다
랑이는 졸랑졸랑 앞장서 간다
랑이는 풀섶에 얼굴을 묻지만
나는 너의 가슴에 무엇을 묻었을까
정상에 올라선 자랑스러운 랑이는
이젠 다시는 길을 잃지 않을 것이다

슝슝

차를 타고 슝슝 달린다

나비

나 한 마리 나비가 되어
저 하늘을 날고 싶어라
새 하얀 고운 날개 가진 나비야
너는 진정 자유롭구나
애벌레 이겨내고
날아오른 나비는
쌍쌍이 어울리고
나는 상상 속에서
한 마리 나비가 되어
풀숲을 헤쳐 간다

깨어나게나

한낱 미혹에 흔들리는 자들은
들을 지어다 세상만사 모두 헛것이니
이에 빠지지 말라
꿈속에서 꿈을 꿀 것인가
당장에 깨어나게나
이 세상 다른 곳이 있다는 말
모두 거짓이라네

권력에의 추구

남의 머리 위에
앉고 싶어 하는 것은
인류의 기나긴 욕망이다
사다리 타는 자들은
오르기 위해 발버둥 치지만
그건 쉽지 않은 일이다
아, 짧은 생애를
권력만 쫓아다니겠는가

행복의 상대성 이론

행복의 상대성 이론을 알고 있나요
행복은 절대적인 것이 아닌
상대적인 거랍니다
궁핍 속에도 행복이
풍요 속에도 불행이 있죠
당신은 오늘 행복을 선택했나요

햇살

머리 위로 햇살이
쏟아지는 기적을 알고 있나요
따뜻한 햇살이 내 영혼에 부서집니다
때마침 불어온 시원한 바람이
내 머리를 스치고
나는 지구의
또 다른 기적을 목격합니다

글쓰기

심심하고
지루한 오후가 되면
나는 글을 씁니다
생각처럼
잘 쓰이지 않습니다
지웠다 고쳤다 하지요
그래도 펜과 머리가 없었다면
무얼 했을까 하지요

지구가 두 쪽이라면

지구가 두 쪽이라면
넌 그중에 하나
넌 그렇게 내게 소중한 친구야

동그라미

내 마음에 동그라미 하나 그렸습니다
오늘도 한 뼘 더 행복해집니다

뜨거운 커피 한 잔

걱정은 커피의 뜨거운 갈색 속에 녹아 버리고
나는 이제 무한한 자유를 얻었다
그대의 돈은 오늘도 안녕하신가요

길 잃은 양처럼

세월에게 묻는다
너는 어디로 가고 있느냐

나는 한 마리의 길 잃은 양처럼
갈 곳 몰라 헤매노라

아아, 어느 곳에 계실 당신은
나를 위해 기다려 주실는지요

에덴동산의 그곳에서
우리 두 손 잡아 만날 날이 오겠지요

처녀는 아니 오고

간다는 처녀는 아니 오고
세월 속의 일들만 웬일이냐

오늘의 노동으로도
난 그대의 땀방울 하나 닦아 주지는
못하겠지

쓰레기통 속을 헤맬 때
나는 다이아몬드와 같이 빛나는
그대의 눈동자를 보았으니

이제는 모든 시름 다 잊고
어느 날 저녁 신의 가슴에
안겨 보노라

무제 IV

겨울아, 차마 닿지 못한 내 마음은
왜 이리 안타까운지

다시 만날 그날까지
나의 사랑을 곱게 접어 보낸다

생명

모든 생명의 모태가 된
무시무시한 자연이여

그 속에서 모든 동식물들이 생겨났으니
그 경이로움이란
이루 말할 수 없다

인류 끝날 때까지 파고를 넘어
넘실댈 자연이여
그 속에서 또 어떤 장관이 펼쳐질까

방정식

복잡한
미분 방정식으로도
풀지 못하는
삶의 해법은 날 답답하게 만드는 것이었다

그때 하늘에서 비가 내렸다
그것은 삶의 힌트였다

말발굽 소리

달가닥 달가닥
말발굽 소리 들린다

어디로 향한 발걸음인지
어디서 온 발걸음인지

귀부인은 가마 속에
쪽 진 머리를 하고
고요한데

달빛은 창가에 이지러지고
어둠 속에 음모는 싹튼다

피그미 족은 싫어

다리가 짧은 피그미 족들은 싫어
다리 짧은 애들은 싫어

늘씬늘씬 늘씬한 미녀가
나는 좋아

다리 짧은 피그미 족들은 싫어
다리 짧은 애들은 싫어

늘씬늘씬 늘씬한 미녀가
나는 좋아

사람아

한 줄기 빛이 된 사람
고난과 시련을 이겨내고
큰 꽃피운 사람
그 사람이 그립다

긴 세월 모진 고통 이겨내고
인생의 답답한 모퉁이 돌아
정과 사랑 잊지 않고
웃음 짓던 사람아

네 가슴이 그리움 가득 할 때도
긴긴 기다림 이겨내고
다시 만날 날 생각하는 여린 사람아

하늘이 허락한 시간 속에
기도와 감사 속에 하루를
축복이라 생각하는 사람아

흙으로 돌아갈 그날에도
해맑게 미소 지으며
평안히 잠들 사람아

비비추

물과 햇빛밖에 바라지 않는
비비추처럼

내 마음 온순하게 한 줄기
꽃이 되었으면

육감도

나는 생각의 찌꺼기들을 먹는 아해였다
나는 생각의 찌꺼기들을 먹는 아해이다
나는 생각의 찌꺼기들을 먹을 아해이다

나는생각의찌꺼기들을먹지않아도좋다

차라리 생각하지 않는 편이 좋았소

약동하라

약동하라
네 눈이여
생명의 좋은 것들을
보고 취하여라

움직여라
네 다리여
머나먼 길이라도
지체하지 말고 떠나

회전하라
네 두뇌여
복잡한 문제를
쉴 새 없이 풀어내라

말장난

신으로부터 받은 유희 중에
최고는 말장난

아 다르고
어 다르고

나 다르고
너 다르다

하루 종일 신나게 놀 수 있으니
더 놀지 않고 무엇 하리

성인

부처에 오른 듯
의기양양하다
또 죽도록 괴로우니 웬 말이냐

예수가 된 듯이
모든 것을 품을 듯하더니
작은 일에 화를 내니 웬 말이냐

성인의 길은 글로는 쉬우나
실천은 가시밭길

언젠가는 뜻대로 행해도
마음 편할 그날이 오겠지

어둠

어느 어스륵한 밤
타인의 발자국 소리 들린다

저벅저벅
그 소리는 어디에서 온 줄 몰라

가까이 다가왔다가
또 안개처럼 사라져 간다

밤의 어둠과 낯선 이의
발자국 소리

그리고 두근대는 나의 가슴은
또 하루를 보내고 있었다

비 오는 날

발그레 달아오른
너의 얼굴은

촉촉이 비 오는 날 쓰는
빠알간 우산을 닮았어

오늘도 보지 못해
아쉽지만

다음을 기대하는
나의 마음은 저편 하늘

욕망의 터널

덜컹덜컹 욕망의 터널을
지난다

애탈 때는 길고 긴 터널이
지날 때는 순간이더군

기차는 끝없는 터널을 지나고
그것이 인생인 것이라

종착역까지 몇 개의 터널을
더 지나야 할까

하나, 둘 세다가 그만두는 까닭은
내일도 욕망이 남은 까닭이요
오늘 밤이 끝나지 않는 이유이다

허나 새벽이 오면
운명처럼 내 욕망도 서릿발처럼 부서져 내릴 터이니
두고 봐라, 신이여
그대의 욕망은 이제 헛것이라

춤추리라

나 스무 살로 돌아간다면
한번 신나게 춤춰 보리라

남들 시선 신경 쓰지 않고
자유롭게 몸을 흔들리라

그것은 절대 자유의 경지
춤추는 하느님의 형상이라

나 스무 살로 돌아간다면
그렇게 나 자신을 잊으리라

호랑이 울음소리

밤 깊은 산속
어데서 호랑이 울음소리 들린다

어흥 어흥
천둥 같은 소리가 내 가슴을 졸이게 한다

갓난아이를 재우는
할머니의 자장가 소리가 산골을 맴돌고
호랑이는 홀로 외롭게 운다

우는 새

구슬피 우는 저 새들은
자신의 죽음을 슬퍼하는 까닭은
아닐 것이다

하지만 새들의 울음이
구슬피 들리는 까닭은

내 존재도 언젠간 끝남을
알기 때문이다

유한한 존재로 태어나
무한을 꿈꾸는 것은
한낱 가당치 않은 일이나

끝없는 나의 욕망은
무한을 꿈꾸고
내 머리는 어지럽기만 하다

아, 저 새들도 모르는
우리가 가야 할 저 세상은
하늘처럼 무구한지요

빗방울과 눈물

촘촘히 내리는 빗방울들은
구슬이 되어 춤을 추네

나의 눈물들도
하늘에서 내려
내 가슴에 떨어지는데

당신도 혹시
울어 본 일이 있는지요

빗방울들이 모이면
하나의 냇물이 되듯이

내 눈물도 모여서
고요한 대지를 적시는
강물이 되리라

사랑에 물들다

물감도 칠도 아닌 것이
내 가슴을 흠뻑 적시네

난 한 장의 천처럼
사랑에 물들었다

그것은 어디서 온지 몰라
하늘도 땅도 아니라네

허나 번져 가는 내 가슴을
어이할꼬

바다가 되리

나는 울지 않는
바다가 되리

끝나도 끝나도
울지 않으리

외로운 갈매기와 벗해
슬픈 방랑자 되리